FERNAND BOURNON

Les Origines de Sainte-Beuve

Ses premières années à Boulogne

Ses logis parisiens - Lettres boulonnaises

EXTRAITS DU *LIVRE D'OR DE SAINTE-BEUVE*

PUBLIÉ A L'OCCASION DE SON CENTENAIRE

SAINT-DENIS

IMPRIMERIE H. BOUILLANT

1904

A PROPOS DE SAINTE-BEUVE

FERNAND BOURNON

Les Origines de Sainte-Beuve

Ses premières années à Boulogne

Ses logis parisiens = Lettres boulonnaises

Extraits du *LIVRE D'OR DE SAINTE-BEUVE*

PUBLIÉ A L'OCCASION DE SON CENTENAIRE

SAINT-DENIS

IMPRIMERIE H. BOUILLANT

1904

I

LES ORIGINES. — LES PREMIÈRES ANNÉES
DE BOULOGNE

Sainte-Beuve a pourvu lui-même à ce que nous fussions exacte-
ment renseignés sur les faits essentiels de sa vie. Non par vanité,
mais par ce désir de vérité qui fut un de ses mérites. D'ailleurs, il
eût été piquant, ou pour mieux dire, injuste que l'écrivain de tant
de biographies littéraires n'eût pas laissé pour la sienne propre les
matériaux indispensables. Mécontent de « M. de Loménie, bienveillant, mais pas du tout exact, et de Vapereau, peu bienveillant,
et pas même exact dans sa brièveté ». Saint-Beuve a par deux fois
rédigé en quelques pages sa notice biographique, d'abord dans
la forme personnelle, puis comme s'il s'agissait d'un autre que lui.
M. Troubat a publié ces deux textes dans le curieux volume de
Souvenirs et indiscrétions : on y peut voir avec quelle netteté précise,
dépourvue d'orgueil, mais aussi d'humilité, Sainte-Beuve expose
ce que le public doit connaître de sa vie et de ses travaux ; ce sont
même des modèles à recommander à certaines « personnalités » qui
consentent à écrire elle-mêmes l'article biographique que leur a
demandé un faiseur de Dictionnaire d'hommes célèbres, et ne man-
quent pas à y exalter singulièrement leurs talents.

Pour l'objet qui nous occupe ici, à savoir les origines et les débuts
de Sainte-Beuve dans la vie, ces notes sont très courtes :

Je suis né à Boulogne-sur-mer le 23 décembre 1804. Mon père était

*

de Moreuil, en Picardie, mais il était venu jeune à Boulogne, comme employé des aides avant la Révolution, et il s'y était fixé. Les annales boulonnaises ont tenu compte des services administratifs qu'il y rendit. Il y avait, en dernier lieu, organisé l'octroi et il était contrôleur principal des droits réunis lorsqu'il mourut. Il était marié à peine, quoique âgé de cinquante-deux ans. Mais il avait dû attendre pour épouser ma mère, qu'il aimait depuis longtemps et qui était sans fortune, d'avoir lui-même une position suffisante. Ma mère était de Boulogne même et s'appelait Augustine Coilliot, d'une vieille famille bourgeoise de la basse ville, bien connue. Elle était enceinte de moi et mariée depuis moins d'un an lorsque mon père mourut subitement d'une esquinancie. Ma mère sans fortune, et une sœur de mon père qui se réunit à elle, m'élevèrent. Je fis mes études à la pension de M. Blériot, à Boulogne même. J'avais terminé le cours entier des études y compris ma rhétorique, à treize ans et demi. Mais je sentais bien tout ce qui me manquait et je décidai ma mère à m'envoyer à Paris, quoique ce fût un grand sacrifice pour elle, en raison de son peu de fortune.

Voilà l'essentiel. MM. Troubat, Morand, d'Haussonville, Michaut, pour ne citer que les principaux, ont enrichi ce canevas par la contribution de leurs travaux personnels, ils nous ont montré en M. Sainte-Beuve père le fonctionnaire lettré comme il y en avait, paraît-il, beaucoup jadis, transmettant à son fils, — qui a eu d'ailleurs occasion de le reconnaître, — ses goûts pour les choses de l'esprit ; ils ont pénétré dans le modeste logis de la veuve et de la tante ; ils ont accompagné l'enfant à la pension Blériot, en prenant soin de noter que l'on avait eu le choix à Boulogne, pour son éducation, entre cette maison, « toute laïque », et celle, « toute ecclésiastique », de M. Haffreingue, — sans que cependant son jeune cerveau soit resté fermé, loin de là, aux idées religieuses.

Tout cela a été fort bien dit par ces écrivains, et en dernier lieu, parfaitement coordonné par M. Michaut. Nous voudrions seulement insister sur quelques traits un peu laissés dans l'ombre, mettre au jour deux ou trois documents jusqu'ici négligés.

Le nom, d'abord, d'allure ecclésiastique, n'a encore retenu l'attention de personne. Certes, si la philologie et la psychologie n'ont rien à voir ensemble, c'est bien en matière de noms propres, à moins qu'il ne s'agisse d'un pseudonyme librement choisi, et ce n'est pas le cas. Il n'est pas indifférent, toutefois, de connaître la race d'un écrivain, et son nom peut y aider.

Beuve (ou Bove) était une abbesse de Reims qui vivait au septième siècle, et dont on fit une sainte, peu célèbre, avouons-le. Des fragments de ses reliques errèrent par la Gaule et se fixèrent au moins dans deux localités normandes, non loin de Neufchâtel, qui en ont gardé le vocable, donné d'abord à leur église. D'où la preuve d'une antiquité reculée, ayant son siège géographique en haute Normandie. Lorsque, par la suite, des individus, natifs de l'un ou de l'autre de ces deux villages, émigrèrent vers d'autres pays du voisinage, ils se firent désigner tout naturellement par leur nom d'origine; on les appela Jean de Sainte-Beuve, Louis de Sainte-Beuve, Marie de Sainte-Beuve, etc. Telle était la coutume, au moyen âge.

Cette question de la particule préoccupait beaucoup l'auteur de *Port-Royal*; il ne voulut jamais l'annexer à son nom, de peur de passer pour noble; en quoi il se trompait, car la particule, historiquement, n'implique pas forcément la noblesse, mais dans beaucoup de cas le simple lieu de naissance; plus tard, les familles nobles s'efforcèrent de faire disparaître ce *de* originel du nom de ceux qui n'avaient pas de fief à faire valoir, de parchemins à produire, mais elles n'y réussirent pas toujours; il fallut la Révolution, nous le verrons tout à l'heure, pour tout niveler à tort et à travers en matière de particules nobiliaires.

Les derniers biographes de Sainte-Beuve n'ont pas connu un volume petit in-folio, publié en 1890 et dont voici le titre exact : « *État-civil de la famille Sainte-Beuve-Daubigny*, avec ses ascendants et descendants, sous forme de tableaux généalogiques, établi par Victor

Picou, son petit-fils, avec le concours de H. Jourdain, G. Picou et plusieurs autres descendants. — Imprimé aux frais de la famille. » Ce volume, publié, nous le savons, sans nul souci de vanité héraldique et dû en grande partie aux soins de M. Gustave Picou, un honorable industriel de Saint-Denis, eût charmé Sainte-Beuve ; il y eût trouvé le tableau de ses aïeux, presque tous de condition modeste, étendant les branches de la famille, qui fut considérable, en Picardie et dans le nord-ouest de l'Ile-de-France, vers Belloy et Luzarches, où elle est encore très vivante ; il y eût rencontré le nom du docteur de Sorbonne Jacques de Sainte-Beuve et n'aurait plus douté de sa parenté avec lui ; il se serait arrêté enfin sur la feuille dite de la *famille de l'académicien*, — la sienne, — et aurait revécu les récits de sa tante, souvenirs qu'il a traduits avec émotion dans une pièce connue des *Consolations* :

> *Elle m'y racontait souvent, pour me distraire,*
> *Son enfance et les jeux de mon père, son frère,*
> *Que je n'ai pas connu, car je naquis en deuil,*
> *Et mon berceau d'abord posé sur un cercueil.*
> *Elle me parlait donc et de mon père et d'elle ;*
> *Et ce qu'aimait surtout sa mémoire fidèle,*
> *C'était de me conter leurs destins entraînés*
> *Loin du bourg paternel où tous deux étaient nés :*
> *De mon antique aïeul, je savais le ménage,*
> *Le manoir, son aspect et tout le voisinage,*
> *La rivière coulait à cent pas près du seuil.*
> *Douze enfants (tous sont morts) entouraient le fauteuil*
> *Et je disais les noms de chaque jeune fille,*
> *Du curé, du notaire, amis de la famille,*
> *Pieux hommes de bien, dont j'ai rêvé les traits.*
>
> . . . .

Le bourg paternel, c'est Moreuil, dans la Somme, sur la petite rivière d'Avre, où cette branche de la famille était fixée au moins dès le seizième siècle, et où « l'aïeul antique », Jean-François de Sainte-

Beuve, né en 1682, exerça la charge de lieutenant et receveur. Jean-François n'eut qu'un fils, également nommé Jean-François, qui fut contrôleur des actes à Moreuil. De son mariage avec Marie Donzelle naquirent neuf enfants (et non pas douze), dont Charles-François de Sainte-Beuve qui, en 1804, l'année de sa mort, épousa une Boulonnaise, Mlle Augustine Coilliot. Ce sont donc les prénoms de ses parents que reçut l'enfant posthume né de cette trop courte union, Charles-Augustin Sainte-Beuve « l'académicien ».

Il est encore un livre peu connu, ou du moins peu cité par les *Sainte-Beuciens* (l'excellente bibliographie de M. Michaut ne le mentionne pas), c'est *l'Année boulonnaise*, d'Ernest Deseille, publiée en 1887. Journaliste local, archiviste de la ville, Deseille y a fait entrer, sous la forme d'éphémérides, tous les matériaux historiques qu'il avait réunis et qu'il a fort bien utilisés dans ce cadre étrange. C'est donc à la date du 23 décembre, jour de la naissance de Sainte-Beuve, qu'il a placé ce qu'il savait sur la vie et sur la bibliographie de l'écrivain. Il donne d'abord l'acte de naissance ; le voici, collationné par nous sur le registre de la mairie de Boulogne :

L'an treize de la République, et le trois nivôse, à une heure après midi, est comparue par devant nous Eustache-René Dujat, adjoint, faisant pour l'empêchement du maire les fonctions d'officier public de l'état civil de la ville de Boulogne-sur-Mer, département du Pas-de-Calais, la dame Adélaïde La Faille, femme Dubout, sage-femme jurée en cette ville, laquelle nous a présenté un enfant masculin né le jour d'hier, à onze heures du matin (1), et auquel elle a déclaré donner les prénoms de Charles-Augustin, lequel enfant est né de dame Augustine Coilliot, veuve du sieur Charles-François Sainte-Beuve, contrôleur principal

---

(1) Dans l'article qu'il a consacré à *La maison de Sainte-Beuve* (Bulletin de la Société historique du VIe arrondissement de Paris, 1898), M. J. Troubat rapporte (p. 127) que Mme Sainte-Beuve avait noté sur un de ses petits papiers que son fils était né à *neuf heures*, et non à onze, comme le déclara la sage-femme.

des droits réunis de l'arrondissement, directeur de l'octroi rural et de l'octroi municipal de Boulogne.

Lesdites déclaration et présentation faites en présence du sieur Charles-Augustin-Marie Hibon Laffresnoye, demeurant en cette ville, âgé de cinquante ans, bel-oncle de l'enfant,

Et du sieur François-Xavier-André Wissocq, magistrat de Sûreté et ancien juge au tribunal d'appel de Douay, demeurant en cette ville, âgé de quarante-deux ans, cousin-germain de l'accouchée, à cause de Jeanne-Rose Latteignant, son épouse.

Et ont, les comparants et les témoins, signé le présent acte, après lecture faite.

ADÉLAÏDE LA FAILLE.   WISSOCQ.

AUG. HIBON.   DUJAT. WALLET.

Le nom de famille n'est pas accompagné de la particule ; mais le même scribe, moins de trois mois avant, l'avait fait figurer dans l'acte de décès du père.

Voici le texte complet de cet acte :

« L'an treize de la République, le treize vendémiaire, par devant nous Eustache-René-Georges Dujat, adjoint de la mairie, officier de l'éta-civil de la commune de Boulogne, département du Pas-de-Calais, sont comparus les sieurs Charles-Augustin-Marie Hibon, négociant et François-André-Xavier Wissocq, magistrat de sûreté près le tribunal de première instance de cette ville, le premier beau-frère et le second issu de germain à cause de sa femme du cy-après décédé, lesquels nous ont déclaré que le sieur Charles-François de Sainte-Beuve, natif de Moreuil, département de la Somme, directeur de l'octroi de cette ville, y demeurant, âgé de cinquante-deux ans, époux de dame Augustine Coilliot, est décédé le jour d'hier sur les neuf heures et demi du soir, à son domicile, rue du Pot-d'Étain, section C.

Et les déclarants ont signé le présent acte après que lecture leur en a été faite.

AUG. HIBON. WISSOCQ. DUJAT-WALLET.

Tous ceux qui ont eu occasion de consulter des actes d'état civil

ou d'administration appartenant à cette période savent quelle hési-
tation l'on y constate : parfois, la particule s'y confond ridiculement
avec le nom : Debilly, Demusset, etc. ; il est visible que l'on se
demande s'il faut dire encore *citoyen* ou déjà *monsieur*, s'il faut dater
de nivôse an XIII ou de décembre 1804 : la rigueur des prescriptions
révolutionnaires paraît surannée, mais on ne s'en affranchit pas
encore nettement, par peur ou par habitude.

Aux informations très précises fournies par Deseille sur le père
de Sainte-Beuve, nous pouvons ajouter quelques menus faits glanés
dans les archives municipales. Fils de fonctionnaire, mais dépourvu
d'emploi à Moreuil (Deseille a eu le grand tort d'imprimer toujours
Mareuil), il était venu à Boulogne, à l'âge de vingt-cinq ans environ,
c'est-à-dire vers 1777, pour gagner sa vie dans l'administration des
aides. La Révolution, en modifiant toutes les institutions adminis-
tratives, lui fit perdre la moitié au moins de son traitement et le
força à renoncer au mariage qu'il rêvait avec une demoiselle Louise
David, circonstance à laquelle peut-être nous devons les *Causeries du
Lundi*.

Il fut administrateur du département, — fonctions gratuites
comme celles de nos conseillers généraux de province, — et l'on ne
sait trop comment il vécut, jusqu'à ce qu'un arrêté de l'administration centrale du département, en date du 19 ventôse an VIII (20 mars
1800), ait nommé préposé en chef de l'octroi de Boulogne « le
citoyen Sainte-Beuve, aux appointements de 1.500 fr. ». Deux in-
specteurs lui étaient adjoints : l'un d'eux, au traitement de 900 francs,
se nomme Martinet Coilliot, son futur beau-frère, sans doute.

Il devint conseiller municipal, ce qu'il n'y avait pas incompatibi-
lité. Le 3 floréal an XI (23 avril 1803), il soumettait au Conseil ses
observations, qui furent ratifiées, sur la perception de l'octroi dans
les parties réunies à Boulogne de Saint-Martin et Wimille. Il siégea
encore le 1er messidor (20 juin), mais ce fut la dernière fois : son

nom manque au procès-verbal de la séance suivante, le 20 thermidor (8 août). Il mourut d'une angine le 12 vendémiaire (4 octobre). En cette année 1804, la maison familiale de la rue du Pot-d'Étain vit donc, comme le dit M. Michaut, un mariage, une mort, une naissance.

L'enfant attendu, qui allait y naître « en deuil », ne passa que les cinq premières années de sa vie dans ce logis attristé, entre sa mère et sa tante, Marie-Thérèse de Sainte-Beuve, devenue veuve, elle aussi. En 1809, les deux femmes vinrent demeurer plus modestement rue des Vieillards, et c'est le temps aussi où l'élève Sainte-Beuve conquit ses premiers lauriers à l'institution Blériot.

Quand il fut devenu célèbre, la ville de Boulogne se souvint de lui. Les almanachs locaux enregistrèrent sa nomination à la Bibliothèque Mazarine (1840), son élection à l'Académie française (1844), son entrée au Sénat : les journaux entretinrent ses compatriotes de sa dernière maladie, et lui firent une nécrologie émue. Lui-même avait fait quelques dons de livres à la bibliothèque de sa ville natale, et son buste s'y voyait depuis 1861. On fit campagne, dès 1871, pour qu'une rue de Boulogne portât son nom, mais on n'y arriva qu'en 1876. Il est vrai que ce fut un boulevard, « digne pendant du boulevard Daunou ». Ces atermoiements n'en sont pas moins regrettables (1).

---

(1) Voici le texte de l'arrêté municipal, daté du 23 octobre 1876 :

« Vu la délibération du Conseil municipal, en date du 19 août 1876,...

Attendu que Sainte-Beuve est né le 23 décembre 1804, à Boulogne-sur-Mer, où il a fait ses premières études·

Qu'il y a lieu de consacrer dans sa cité natale un souvenir officiel à la mémoire de l'illustre écrivain dont les œuvres ont si puissamment contribué à mettre en honneur, dans le monde entier, les lettres françaises qui le comptent au premier rang parmi les maîtres les plus distingués,

ARRÊTE :

ART. 1er. — La voie publique qui, sous le nom de rue de Boston, part de l'angle

Enfin, quand la Ville de Paris eut décidé, en 1886, d'apposer une plaque commémorative sur la maison mortuaire de la rue du Montparnasse, Boulogne songea à la maison natale de la rue du Pot-d'Étain, et M. Cossonnet fit don d'une affreuse plaque de cuivre, assez semblable à celles qui indiquent la résidence d'un sapeur-pompier dans les bourgades, où on lisait, non sans peine :

CH.-AUG. SAINTE-BEUVE

EST NÉ DANS CETTE MAISON

LE 23 DÉCEMBRE 1804.

Le Comité du Centenaire a eu pour première pensée de substituer à cet aide-mémoire, où seule l'intention était louable, un monument plus digne du nom qui y était inscrit. A cet égard, la belle œuvre de M. Vernier donnera désormais toute satisfaction à la ville de Boulogne, justement fière d'un de ses plus glorieux enfants.

nord de la rue du Fort-en-Bois pour aboutir aux limites de la commune, au Moulin-Wibert, portera désormais la dénomination de boulevard Sainte-Beuve.

La rue de Boston prendra fin, dès lors, à l'angle opposé de ladite rue du Fort-en-Bois..... »

LES LOGIS PARISIENS DE SAINTE-BEUVE

Il est un vers des *Consolations* de Sainte-Beuve que l'on cite volontiers :

Naître, vivre et mourir dans la même maison,

— et qui, pris isolé, semble être l'expression d'un souhait, d'un idéal à réaliser. Il n'en est rien, cependant, car la strophe se termine ainsi :

O mon cœur! Toi qui sens, dis, est-ce avoir vécu!

Au surplus. Sainte-Beuve ne pouvait pas concevoir pour lui-même un tel rêve, car tout jeune encore, à l'âge où l'on ne saurait avoir de volontés, il avait déjà quitté sa maison natale pour habiter un autre logis de Boulogne, et si le destin avait voulu qu'il ne délaissât pas la ville même, sans doute l'administration de l'octroi boulonnais eût-elle plus tard compté un excellent fonctionnaire, — le fils succédant au père, — mais nous n'aurions pas eu les *Lundis*.

Quand il vint à Paris pour la première fois, au mois de septembre 1818, c'est-à-dire n'ayant pas encore quatorze ans, sa première demeure fut somptueuse : rue de la Cerisaie, l'hôtel de Lesdiguières bâti au xvie siècle par le financier Zamet, et alors occupé par l'institution Landry : « rue de la Cerisaie au Marais » dira-t-il dans sa autobiographie destinée au *Liber Memorialis* de Liège (*Sainte et *indiscrétions*, p. 72). Est-il bien exact de dire : au Marais? C'est plutôt : au quartier de l'Arsenal qu'il eût fallu dire, car le Marais est situé, à proprement parler, de l'autre côté de la rue Saint-Antoine.

C'est durant ce temps qu'il suivit les cours du lycée Charlemagne (dont on a célébré aussi cette année le centenaire) et remporta au Concours général de 1819 le premier prix d'histoire.

Deux ans après, en 1821, l'institution Landry se transporta rue Blanche, « quartier de la Chaussée-d'Antin », et conséquemment, envoya ses élèves au collège Bourbon, — aujourd'hui lycée Condorcet, autre centenaire de 1804. Sainte-Beuve y acheva ses études, qu'il couronna par un nouveau prix au Concours général de 1822, celui de vers latins (1).

Telles furent les deux seules résidences qu'il devait faire sur la rive droite, si toutefois même on peut envisager les murs d'une pension scolaire à l'égal d'une véritable demeure. On sait qu'une fois sorti du collège, la médecine l'attira ; il était naturel que, deve-

---

(1) Il n'eût pas manqué, sans doute, d'obtenir aussi aisément le prix de vers français, s'il y en avait eu un, car la translation de la pension Landry lui avait fourni, l'année précédente, l'occasion de se révéler poète. M. Claretie a publié dans l'*Indépendance belge* du 27 août 1871, et M. Michaut a réimprimé (*Sainte-Beuve avant les Lundis*, pp. 586-8), le texte d'une poésie de circonstance : *la Crémaillère*, vraiment fort bien tournée pour être l'œuvre d'un collégien de dix-sept ans. En voici le début :

> *Toi qu'a chanté le bon Homère,*
> *Guerrier si valeureux, si mauvais cuisinier,*
> *Achille, toi qu'on voit tour à tour manier*
> > *Et la broche et le cimeterre,*
> *Et toi, fils de Vénus, de qui les doigts pieux*
> *Faisaient fumer l'encens sur l'autel de tes dieux*
> > *Et cuire ton dîner par terre ;*
> *Compagnons de voyage à l'immortalité,*
> > *Oh! que de peine journalière*
> > *Se fût à jamais évité*
> > *Votre héroïque caractère,*
> > *Si l'un ou l'autre eût inventé*
> > *L'usage de la crémaillère!*

nant *carabin*, il se rapprochât de l'École ; c'est ce qu'il fit, et désormais le voici, pour le reste de sa vie, habitant de la rive gauche, encore que sa carrière médicale n'ait pas été de longue durée.

Rien d'étonnant, d'ailleurs, à cette prédilection d'un homme d'allure discrète et paisible pour un quartier qui a la même allure, — exception faite de quelques rues parfois déjà bruyantes sous ce règne compassé de Louis XVIII, — mais ce n'est pas celles-là où Mme Sainte-Beuve chercha logis pour elle et son fils ; au mois de janvier 1823, dans une lettre à son ami Barbe, le jeune étudiant donnait son adresse : rue de Vaugirard, 94, c'est-à-dire la partie la plus monacale d'une voie morose entre toutes. Victor Hugo habitait à deux maisons de là, au 90 (1). Il est permis d'affirmer que ce voisinage eut de graves conséquences. Faut-il aussi voir autre chose qu'une coïncidence de convenances dans ce fait qu'en 1829, Hugo demeurant rue Notre-Dame-des-Champs, 11, Sainte-Beuve et sa mère vinrent habiter au numéro 19 de la même rue ? Nous faisons ici de la topographie, et non de la psychologie...

Logis bien modeste, assurément, dont les petites rentes de Mme Sainte-Beuve payaient le loyer. L'écrivain n'en rougit pas ; en décembre 1831, il écrit à son ami Barbe : « ... Tu me trouves donc, aujourd'hui comme il y a deux ans, installé modestement dans ma rue Notre-Dame-des-Champs, 19, avec ma mère... » (Morand, *Les Années de jeunesse*, p. 34). C'est là, dans « sa chambre » de la rue Notre-Dame-des-Champs, que Villemain vint, un jour, le prendre pour le mener chez Chateaubriand (*Portraits contemporains*, I, 75).

Peu après, nouveau déménagement, et cette fois domicile en double ! Dans une note biographique qu'il a rédigée sur lui-même

____

(1) La maison habitée par Sainte-Beuve et sa mère rue de Vaugirard, 94, a disparu sous le second Empire ; son emplacement est représenté par le sol de la rue de l'Abbé-Grégoire. Quant à la maison de Victor Hugo (n° 90), également démolie, elle correspond au n° 88 actuel.

en 1848, Sainte-Beuve dit : « De 1830 à 1840, j'ai vécu dans ma
chambre d'étudiant (cour du Commerce, n° 2) au quatrième étage,
et au prix de 23 francs par mois, y compris les déjeuners » (*Souvenirs
et indiscrétions*, p. 195). Et M. Troubat, frappé de la modicité de cette
somme, est pris d'un scrupule : il se demande si ce n'était pas
23 francs sans les déjeuners, et 27 avec les déjeuners. Ne s'agit-il
même, comme cela est vraisemblable, que du petit déjeuner du
matin, c'était pour rien.

Sa mère ne l'y avait pas suivi, et cela se comprend de reste.
Elle habitait, pendant cette période, rue du Montparnasse, 1 *ter*,
maison aussi disparue, et, dans certains cas, c'est ce domicile que
Sainte-Beuve indiquait comme le sien, à des correspondants dont
il eût pu redouter une visite inopinée — dans sa « garçonnière »,
dirait-on aujourd'hui, — à la comtesse Christine de Fontanes (*Correspondance*, I, 32), à l'abbé Barbe (Morand, *ouv. cité*, p. 45), etc. 1).

Sainte-Beuve avait gardé le souvenir de la cour du Commerce.
Dans une autre note biographique qu'il écrivit sur lui-même vers 1865,
il n'oublie pas d'en parler : « ... Je n'étais rien, vivais au quatrième
sous un nom supposé (Charles Delorme), dans une chambre d'étudiant (deux chambres, c'était mon luxe), cour du Commerce.
M. Buloz, je dois le dire, fut des premiers à remarquer le désaccord
un peu criant. J'en souffrais peu pour mon compte... » (*Souvenirs et
indiscrétions*, p. 52).

« Ces chambres, dit M. Troubat (*Ibid.*, p. 200, note), portaient les

(1) Il ne faut pas donner à ce mot « garçonnière » un sens trop précis. Bien que
soucieux, comme tous les jeunes gens, d'une certaine indépendance, Sainte-Beuve gar-
dait ces deux chambres surtout pour y travailler en paix durant de longues heures.
Lorsqu'il alla à Lausanne faire son cours sur Port-Royal, il indiqua à son ami Juste
Olivier ce même besoin absolu de solitude et refusa l'hospitalité qui lui était si cordia-
lement offerte, préférant s'enfermer jusqu'à trois heures de l'après-midi dans une
chambre d'hôtel, où il déjeunait tout en travaillant.

numéros 19 et 20 de l'hôtel de Rouen, au dernier étage, à l'extrémité d'un long et étroit couloir. L'hôtel existe encore aujourd'hui sous le même vocable; il a son entrée dans l'artère principale du passage du Commerce, mais le bâtiment s'étend en retour d'équerre sur la cour dite à tort de Rohan, qui met le passage en communication avec la rue du Jardinet: rien n'est changé à l'aspect des lieux depuis ces soixante-dix ans écoulés.

Après l'hiver de 1837-1838 passé à Lausanne à l'hôtel d'Angleterre auquel a succédé l'hôtel du Nord, rue de Bourg, Sainte-Beuve revint à l'hôtel de Rouen. Un arrêté ministériel en 1840 vint l'en tirer : Naudet, conservateur à la Bibliothèque Mazarine, devenant directeur de la Bibliothèque nationale, Sainte-Beuve lui succédait, avec logement dans le palais de l'Institut. « Dès lors, dit-il lui-même, je me trouvai riche ou très à l'aise pour la première fois de ma vie. Je me remis à l'étude, je rappris le grec. Mes travaux se sont ressentis de ce loisir et du choix que j'y pouvais mettre. » (*Ibid.*, p. 199.)

L'appartement du nouveau conservateur était bien différent de ceux qu'il avait jusque-là occupés, et sans doute n'en dut-il meubler qu'une faible partie. Situé dans la partie sud-ouest de la grande et froide cour de l'Institut, c'est, paraît-il, l'appartement actuel de M. Berthelot (1).

Son élection à l'Académie française, en 1844, ne pouvait que resserrer les liens qui l'attachaient à ses fonctions et à sa demeure au palais Mazarin; en fait, la carrière de Sainte-Beuve eût peut-être été un peu différente, il fût devenu plus bibliothécaire et moins journaliste sans le fameux incident de la cheminée qui fumait. On sait l'histoire : au lendemain de la révolution de 1848, la *Revue rétrospec-*

---

(1) M. Alfred Franklin le dit expressément dans son *Histoire de la Bibliothèque Mazarine et du Palais de l'Institut* (Paris, Welter, 1901, in-8°, note de la page 307), et M. Leblanc, architecte de l'Institut, a bien voulu nous confirmer le fait, sur lequel les souvenirs de M. Pingard semblaient hésitants.

tive publiait une liste de sommes distribuées par le gouvernement de Louis-Philippe à un certain nombre d'hommes en vue, et on chuchotait que ces sommes avaient payé leurs consciences. Sainte-Beuve y figurait pour... cent francs. Stupéfait d'abord, il se rappela, non sans peine, que, l'année précédente, il avait demandé la réparation d'une cheminée de son appartement; le payement de ce travail, ordonnancé trop tard, avait été effectué sur les fonds particuliers du roi. Sainte-Beuve n'admit pas qu'on pût le soupçonner: il donna sa démission, et la Note justificative qu'il adressa, le 31 mars 1848, à Jean Reynaud est un modèle de sincérité, de probité en révolte contre la malveillance d'une insinuation (*Souvenirs et indiscrétions*, pp. 194-208).

Le voilà de nouveau sans logis, privé des quatre mille francs de la Mazarine, n'ayant pour vivre que ses articles et le maigre traitement d'un académicien.

Il ne retourna pas, cependant, à l'hôtel de Rouen, mais chez sa mère, qui avait acheté depuis peu la petite maison de la rue du Montparnasse. Six mois après, il partait pour Liège, où il professa son célèbre cours sur Chateaubriand, et revint, en septembre 1849, se fixer rue du Montparnasse, où l'année suivante, en novembre 1850, sa mère s'éteignait plus qu'octogénaire.

Nous sommes arrivés à la dernière étape, celle sur laquelle les biographes du maître n'ont rien laissé de nouveau à dire. La modestie de cette tranquille demeure ferait sans doute un peu sourire certains de nos écrivains à la mode, qui laissent si complaisamment décrire le faste des moindres recoins de leur logis; du moins, M. Buloz n'avait plus désormais à reprocher au collaborateur d'autrefois l'extrême simplicité de son appartement du passage du Commerce.

La rue du Mont-Parnasse évoque nécessairement la pensée du cimetière voisin, mais les historiens peuvent, s'ils le veulent, ne voir dans son nom qu'un souvenir poétique et gracieux. A ce titre, elle était bien choisie pour l'auteur du *Tableau de la Poésie française au XVIe siècle*. Les vingt ans qu'il y vécut servirent singulièrement à la faire connaître de toute cette catégorie de Parisiens qui trouvent fort spirituel de dédaigner la rive gauche et de gémir lorsqu'il leur faut aller à l'Odéon. C'est pour cela que Sainte-Beuve l'aimait : à distance, on ne saurait se le figurer habitant le faubourg Montmartre, la rue Bréda ou la rue du Temple : il faut certains cadres pour certaines figures.

L'esprit de méthode, de déduction qui présida aux *Lundis* se ressent peut-être du recueillement de ce coin de quartier, où la mémoire de l'hôte qui l'honora se trouve perpétuée par le nom d'une rue voisine, par un buste érigé dans l'ancienne pépinière du Luxembourg, par un monument au cimetière Montparnasse, par une inscription que la Ville de Paris fit placer sur la maison mortuaire en l'honneur de « Sainte-Beuve, critique et poète, mort dans cette maison le 13 octobre 1869. »

III

LETTRES BOULONNAISES

Nous réunissons sous ce titre le texte de quatre lettres inédites de Sainte-
Beuve se rattachant à Boulogne tant par la qualité de leurs destinataires que
parce qu'elles sont conservées dans les dépôts littéraires de cette ville. La première, — et la plus importante, — présente ce double avantage d'offrir sur une
même page un autographe de S.-B. et quelques lignes du célèbre Mariette, alors
directeur d'un journal régional dans sa ville natale.

I

Ce 13 mai [1844].

Monsieur,

*Je lis dans l'*Annotateur *(1) une page sur moi beaucoup trop bien-
veillante et trop flatteuse pour que je ne m'empresse pas de vous en
remercier.*

Le vœu que vous voulez bien exprimer est infiniment trop honorable,

---

(1) L'article de l'*Annotateur* pour lequel Sainte-Beuve adresse ses remerciements à
Mariette forme une colonne environ du numéro du 9 mai 1844. Il n'est pas signé. Le
vœu indiqué est que, à défaut du Conseil municipal de Boulogne, — que la loi empêche
de sortir de ses attributions, — la Société d'agriculture, des sciences et des arts porte
« à M. Sainte-Beuve l'expression des sentiments, sinon de la ville toute entière dont le
Conseil municipal est le premier représentant, du moins de la partie littéraire de
Boulogne, dont la Société est la protectrice immédiate... Si nos voisins [de Calais]
avaient parmi les leurs un littérateur comme Sainte-Beuve, des peintres comme
Delacroix, Hédouin et Bétencourt, ils n'auraient pas assez de bouches pour crier leurs
noms... »

Monsieur, et passerait mes ambitions; mais il m'est très doux de sentir autant de sympathies individuelles dans un pays dont j'ai gardé de si chers souvenirs.

Veuillez en particulier, Monsieur, recevoir l'expression de ma reconnaissance et de mes sentiments très distingués.

SAINTE-BEUVE (1).

Dans l'angle gauche de la lettre, Mariette a écrit : « Cette lettre m'a été adressée lors de la nomination de M. Sainte-Beuve comme académicien.

« AUG. MARIETTE. »

II

Paris, ce 4 mai 1865.

Monsieur le Maire et cher Compatriote,

Certes, aucune des félicitations qu'on me fait l'amitié de m'adresser ne pouvaient m'être plus chères ni plus honorables que celles que je reçois par votre organe de ma ville natale, de cette patrie boulonnaise à laquelle mon cœur est resté si fidèlement attaché, même durant des années d'absence. Déjà, la ville de Boulogne avait fait preuve envers moi d'une grande indulgence en daignant, par un privilège tout particulier, admettre mon buste dans sa bibliothèque, à côté de celui de l'illustre Daunou. Aujourd'hui, en voulant bien prendre part à la haute faveur dont vient de me combler la bonté de l'Empereur (2), elle acquiert des droits nouveaux à une reconnaissance qui ne finira qu'avec ma vie.

Veuillez agréer, Monsieur le Maire, et transmettre à ceux de mes compatriotes qui sont auprès de vous et qui vous secondent dans cette grande et laborieuse administration à laquelle vous présidez si dignement, l'assurance de mes sentiments de haute considération et de dévouement.

SAINTE-BEUVE (3).

---

(1) Bibliothèque de la ville de Boulogne.

(2) Sainte-Beuve avait été nommé sénateur par décret du 28 avril 1865, et le maire de Boulogne, Livois, l'en avait félicité au nom de la ville par lettre du 3 mai suivant.

(3) Archives municipales de Boulogne. — La signature seule paraît autographe.

III

Ce 14 juillet 1868.

Monsieur le Maire,

Je reçois les volumes qui me montrent combien notre ville est riche en livres, et combien elle sait rendre utiles à tous ses richesses (1).

Quant à moi, j'ai trouvé dans un de vos derniers discours, Monsieur le Maire, une nouvelle preuve de toute l'indulgence que Boulogne veut bien avoir pour un de ses enfants.

Arrivé à ce but de la carrière qui n'est pas encore le terme nécessaire de la vie, c'est maintenant que si ma santé ne m'enchaînait, il m'eût été doux d'aller me retremper dans l'air natal et dans l'affection de nos compatriotes. Il était dit que cette dernière douceur me serait refusée. Notre cher docteur Philipps ne sait que trop bien que ce serait de ma part une trop ambitieuse espérance.

Veuillez agréer, Monsieur le Maire, l'hommage de mon affectueux respect.

SAINTE-BEUVE (2).

IV

Paris, ce 30 août 1868.

Monsieur et cher Concitoyen,

Des félicitations comme les vôtres, comme celles de vos amis de la Loge de Boulogne (3) ne sont jamais tardives ; ce qui est l'essentiel, ce

---

(1) Il s'agit de l'envoi fait par la ville de Boulogne du Catalogue en 4 vol. in-8 par Gérard de la Bibliothèque de la ville.

(2) Archives municipales de la ville.

(3) Il convient de rapprocher de cette lettre celle que Sainte-Beuve écrivait, le 19 août 1867, (*Correspondance*, t. II, p. 203), au « vénérable d'une loge de francs-maçons », et où il disait : « ... Je n'ai l'honneur d'appartenir à aucune branche de l'institution maçonnique, mais je suis heureux qu'on veuille bien m'y considérer comme un libre soldat du dehors et un homme de bonne volonté pour la défense des principes que vous professez et des idées généreuses qui vous animent... »

*sont les sentiments qui les inspirent, et ces sentiments ont surtout leur
prix en ce qu'une fois établis ils durent et font lien — un lien d'estime et
de sympathie. Veuillez dire à tous vos amis combien je suis heureux et
touché de ce témoignage collectif et unanime qui m'arrive au nom d'un
groupe si respectable et si uni de mes chers Boulonnais, et agréez pour
vous en particulier, très honoré Docteur, l'assurance de mes sentiments
dévoués.*

SAINTE-BEUVE.

P. S. — *J'aurais adressé directement au Président et Vénérable si je
n'avais craint de faire quelque confusion due à l'écriture* (1).

---

(1) Bibliothèque de la ville de Boulogne.

SAINT-DENIS. — IMPRIMERIE H. BOUILLANT, 20, RUE DE PARIS. — 15642.